CHILDE-HAROLD

AUX

RUINES DE ROME.

IMPRIMERIE DE FAIN, RUE RACINE, N°. 4.
PLACE DE L'ODÉON.

CHILDE-HAROLD

AUX

RUINES DE ROME,

⋙◇⋘

IMITATION DU POÈME

DE LORD BYRON.

Par M. Aristide Carry.

SE VEND

AU PROFIT DES GRECS,

À Paris,

A LA LIBRAIRIE MODERNE,

GALERIE VÉRO-DODAT, N. 30.

⋙◇⋘

1826.

CHILDE-HAROLD

AUX

RUINES DE ROME.

Oh Rome! my country! city of the soul!
The orphans of the heart must turn to thee,
Lone mother of dead empires, and control
In their shut breasts their petty misery.
 Byron, *Childe-Harold*, canto iv.

—◦—

Phoebé lève son front; cependant la nuit sombre
N'a point enveloppé la terre de son ombre,
Et les derniers rayons d'un soleil radieux
Lui disputent encor le royaume des cieux;
Cet astre éblouissant, du bout de sa carrière,
Verse sur les coteaux des torrens de lumière;
Le firmament est pur; l'occident embrasé,
De brillantes couleurs semble être composé,
Tandis qu'à l'orient le croissant de Diane
Répand sur l'horizon sa clarté diaphane.

Une étoile fidèle, et qui brille toujours
Près du disque argenté de l'astre des amours,
Accompagne son char, et la reine modeste
Règne sur la moitié de la voûte céleste.
Phébus va disparaître, et pourtant ses rayons
Restent encor fixés sur la cime des monts;
Ce dieu semble oublier que sa course est finie,
Et quitter à regret la riante Italie.
Le Tibre réfléchit dans ses flots orgueilleux
Les magiques reflets que produisent ses feux,
Comme un ruisseau nous rend dans son onde argentine
De la reine des fleurs la couleur purpurine.
Mais la scène a changé, le jour est incertain,
Le soleil cède, et meurt pour renaître demain.
La nature a donné ses ordres redoutables,
L'univers obéit à ses lois immuables.
C'en est fait, en tous lieux règne l'obscurité;
Ce jour va se confondre avec l'éternité.....

Quels sont ces lieux où croît le cyprès solitaire?
D'où vient qu'à leur aspect un trouble involontaire
S'empare de mon cœur? Quels sont donc ces débris,
Qui servent de repaire au triste oiseau des nuits?
Ces remparts démolis, ces arches renversées,
Ces souterrains obscurs, ces colonnes brisées,

Sont les restes détruits d'une immense cité,
Qui sut dicter des lois à l'univers dompté.
Oui, sur ce même sol tout couvert de ruines,
S'élevait autrefois la ville aux sept collines;
C'est ici que naquit un peuple de héros,
Qui gouvernait jadis et la terre et les flots;
Ce peuple qui remplit le monde de sa gloire,
Et que la liberté guidait à la victoire.
O souvenir amer d'un éclat qui n'est plus!
Qui reconnaitra Rome à ces débris confus?
Venez, faibles mortels, vous qui passez sans cesse
Des larmes aux plaisirs, des jeux à la tristesse,
Venez fouler aux pieds des palais renversés,
Des trônes abattus, des siècles entassés!
Dans ces monceaux épars de marbre et de porphyre,
Vous chercheriez en vain les traces d'un empire;
Rien ne rappelle ici la splendeur des Romains;
Hélas! ainsi finit la grandeur des humains!!!

Mais parmi ce chaos, qui d'une antique gloire
A nos yeux étonnés retrace la mémoire,
Quel mortel, s'exilant loin d'un monde trompeur,
Vient rêver en silence en ce lieu de douleur?
Assis sur le tronçon brisé d'une colonne,
A ses pensers profonds son âme s'abandonne;

Il a , pour un moment , déposé près de lui
Le luth harmonieux qui charmait son ennui ;
Les plis de son manteau dérobent sa figure ;
Il laisse au gré des vents flotter sa chevelure ;
Son air morne et pensif ; son maintien abattu ,
Annoncent le malheur vainement combattu ;
Ses soupirs troublent seuls un éternel silence.
Ah ! puisse-t-il en paix sonder sa conscience !
Éloignons-nous, craignons de troubler son repos ;
La douleur sait trouver du charme dans ses maux.....

Il soulève son front ; un rayon de la lune
Laisse entrevoir des traits flétris par l'infortune.
Mais que vois-je ? grands dieux ! ces traits me sont connus ;
Ce n'est point une erreur, c'est lui, n'en doutons plus.
Childe-Harold est son nom, le monde est sa patrie ;
De climats en climats portant sa rêverie,
De son vaste génie il remplit l'univers ;
Il a du dieu du Pinde imité les concerts ;
Il chanta ses malheurs, et l'Europe étonnée,
En admirant ses chants, plaignit sa destinée ;
Mais la gloire n'a pu l'affranchir du malheur ;
Au printemps de ses jours il est vieux de douleur.
Les chagrins ont aigri son noble caractère ,
Le mépris est empreint dans son regard sévère ;

En vain il veut chasser de cruels souvenirs,
Le remords seul succède à l'excès des plaisirs.
L'amour, qui consuma son ardente jeunesse,
L'amour est à ses yeux sans charmes, sans ivresse,
L'amitié n'est qu'un songe, et le bonheur qu'un mot
Qui vient nous éblouir, et s'envole aussitôt !
A ce cœur accablé du poids de sa misère
La vertu cependant ne fut point étrangère ;
Harold fut bon ami, bon père, bon époux ;
Mais d'un pareil bonheur les dieux furent jaloux ;
La haine, les soupçons, l'affreuse calomnie,
L'envie au noir venin, la lâche perfidie,
Vinrent empoisonner un éclair de repos,
Et rouvrir à jamais la source de ses maux.
Il vit la jalousie à ses pas acharnée,
En un supplice affreux transformer l'hyménée,
Et l'horrible vengeance arracher pour toujours
De ses bras paternels le fruit de ses amours.
Trop grand pour se venger et trop fier pour se plaindre,
On ne le vit jamais s'abaisser jusqu'à feindre ;
Emportant avec lui tout son ressentiment,
Il s'exila des lieux témoins de son tourment.
Il entreprit alors un long pèlerinage.
Depuis ce jour, errant de rivage en rivage,
Il traîne en tous climats sa peine et ses regrets,
Luttant contre le sort dont il brave les traits.

Pour charmer ses douleurs et bannir sa tristesse,
Childe-Harold parcourut le beau sol de la Grèce.
Son cœur encor saignant battit avec transport,
Lorsque du sein des mers il aperçut le port;
Il tressaillit de joie, en touchant cette terre,
Qu'illustrèrent les chants de l'immortel Homère;
Mais combien il gémit en voyant ses enfans
Courber leurs nobles fronts sous le joug des tyrans!
En vain il essaya d'enflammer leur vaillance.....
Il n'était point venu le jour de la vengeance;
Il fit entendre en vain le cri de liberté!
Ce cri par les échos ne fut point répété.
Un jour viendra peut-être où ce peuple d'esclaves,
Se levant tout entier pour briser ses entraves,
Du bruit de ses exploits remplira l'univers,
Et vengera sa honte en secouant ses fers.
Alors la liberté, la paix et l'abondance,
Seront de ses efforts la douce récompense.
Puisse cet heureux jour, au gré de mon espoir,
Des Grecs régénérés servir le désespoir!

Harold, en soupirant, s'éloigna d'un rivage
Où l'homme naît, végète et meurt dans l'esclavage;
Confiant sa fortune au caprice des mers,
Il erra quelque temps au gré des flots amers;

Il salua les bords de la Lusitanie,
Visita les guérets de l'antique Hespérie ;
Mais sous ces beaux climats favorisés des cieux,
Rien ne put adoucir son destin rigoureux.
Aux beautés de Cadix il offrit son hommage,
De leur brûlant amour il obtint plus d'un gage ;
Il chanta leurs attraits, et ses vers immortels
Attirèrent sur lui les maux les plus cruels.

Il s'arrêta, pensif, sur cette plaine immense,
Qui devint en un jour le tombeau de la France,
Où dix rois réunis pour venger leurs revers,
Détrônèrent le dieu qu'encensait l'univers.
C'est là que pour défendre une idole si chère,
Des milliers de héros mordirent la poussière.
En foulant sous ses pieds ces tombeaux glorieux,
Harold sentit des pleurs s'échapper de ses yeux ;
A la valeur vaincue il rend un juste hommage,
Et s'éloigne à regret de ce champ de carnage.
Il admira du Rhin le cours majestueux,
Des Alpes il franchit le sommet orgueilleux,
Traversa les vallons de l'heureuse Helvétie,
Et dirigea ses pas vers la riche Ausonie.
Il a vu les palais de la fille des mers,
Et du Vésuve en feu les cratères ouverts.

Le voilà maintenant sur les débris de Rome,
Mesurant la grandeur et le néant de l'homme.
Il va chanter : il prend son luth mélodieux ;
Écoutons de ses vers l'accent harmonieux.

« O temps ! toi dont ces lieux attestent la puissance,
» Toi qui sais de l'amour éprouver la constance,
» Et de nos jugemens rectifier l'erreur,
» Toi, des cœurs affligés le seul consolateur,
» Créateur du remords, vengeur de l'injustice,
» L'espérance du juste et la terreur du vice ;
» O temps ! révélateur de l'immortalité,
» Toi qui chez les mortels fondas l'égalité,
» Au milieu des débris d'une gloire éclipsée,
» J'ose élever vers toi mon cœur et ma pensée.
» Si tu m'as jamais vu trop vain, trop orgueilleux,
» Repousse loin de toi ma prière et mes vœux ;
» Mais, au jour du bonheur si mon cœur fut modeste,
» Si j'ai su résister à mon destin funeste,
» Si j'ai pu supporter la haine et le dédain,
» Fais que ce triste cœur n'ait point souffert en vain.
» Et toi dont le méchant redoute la furie,
» Que les faibles humains n'ont jamais attendrie,
» Puissante Némésis ! c'est dans ces lieux sacrés,
» Et qui par les Romains te furent consacrés,

» Que je viens t'invoquer ; écoute ma prière ;

» Pour venger mes douleurs ranime ta colère.

» Du coup lâche et cruel que le crime a porté,

» Tu vois avec horreur mon cœur ensanglanté ;

» C'est toi qui vengeras mes tourmens incurables ;

» Frappe, il est temps encor,... tu connais les coupables!...

» Mais si ma voix s'élève au milieu des tombeaux,

» Ce n'est point que je tremble à l'aspect de mes maux.

» N'ai-je point vu sur moi s'amasser mille orages ?

» N'ai-je point enduré les plus sanglans outrages ?

» N'ai-je point vu mon cœur déchiré sans pitié ?

» Tous mes droits méconnus ? mon nom calomnié ?

» N'ai-je point vu l'amour et l'amitié parjures ?

» Mais je sus opposer le mépris aux injures ;

» Qu'il parle le mortel qui vit mon front pâlir,

» Mon âme s'ébranler, ou mon cœur s'affaiblir.

» Ah ! si du désespoir je ne suis point victime,

» C'est parce que ce cœur que l'injustice opprime,

» N'a point été pétri des élémens impurs

» Dont l'Éternel forma mes ennemis obscurs.

» Mais je n'ai point en vain passé sur cette terre ;

» Même après que ce corps ne sera que poussière,

» Mes accens, dans les airs loin de s'évanouir,
» Iront se faire entendre aux siècles à venir,
» Et les prédictions de ma muse plaintive
» Accompliront alors ma vengeance tardive.
» Ma malédiction, quand je ne serai plus,
» Semblable aux derniers sons qu'une lyre a rendus,
» Pèsera sur ces cœurs de haine insatiables,
» Qu'accableront alors les remords implacables.

» O toi, de mes ennuis le seul consolateur,
» Toi dont l'éloignement ajoute à mon malheur,
» Objet de tous mes vœux, chère Ada! tendre fille!
» A mon cœur orphelin tu tiens lieu de famille.
» Lorsque j'aurai senti les glaces de la mort,
» Toi seule accorderas des larmes à mon sort;
» Ton souvenir, après la fuite des années,
» Pourra seul apaiser mes mânes indignées;
» Toi seule à mon tombeau porteras quelques fleurs,
» Et viendras arroser ma cendre de tes pleurs.
» Guider tes premiers pas, élever ton enfance,
» Épier les progrès de ton intelligence,
» Dans mes bras paternels te bercer doucement,
» Te voir à ton réveil sourire tendrement,
» Oublier près de toi mes maux et ma misère,
» Ah! des plaisirs si purs n'étaient point pour ton père!

» Mais quoique de la haine on t'ait fait un devoir,

» Que d'essuyer mes pleurs on t'ait ravi l'espoir,

» Tout me dit que ton cœur, repoussant l'imposture,

» Ne pourra réprimer l'élan de la nature ;

» En vain de ta pensée on voudrait me bannir,

» Sur mon destin funeste on te verra gémir ;

» Tu ne saurais cesser de chérir la mémoire

» De celui dont tu fus l'espérance et la gloire.

» Chère enfant ! tu naquis au milieu du malheur,

» Tu sentis en naissant le poids de la douleur ;

» Puissent les vœux d'un père écarter la tempête

» Qui poursuivit ses jours et menace ta tête !

» Des plaines de la mer, de la cime des monts,

» Je répandrai sur toi mes bénédictions.

» Paix au berceau chéri qui reçoit ton enfance !

» Ignore, s'il se peut, mes maux et ma souffrance ;

» Et quand la mort viendra terminer ma douleur,

» Le dernier de mes vœux sera pour ton bonheur. »

FIN.

www.ingramcontent.com/pod-product-compliance
Lightning Source LLC
Chambersburg PA
CBHW061443170626
46811CB00005B/2345